# なんでやねーん！

おしごとのおはなし
お笑《わら》い芸《げい》人《にん》

安《やす》田《だ》夏《か》菜《な》 作
魚《うお》戸《と》おさむ 絵

講談社

「みなさん、給食《きゅうしょく》の時間《じかん》です。今日《きょう》もしっかりと、手《て》をあらいましょう。」
お昼《ひる》の放送《ほうそう》が、始《はじ》まった。
手《て》あらいソングが、流《なが》れはじめる。
ぼく、この歌《うた》に合《あ》わせて、手《て》をあらうんが大好《だいす》きやねん。
まずは、両手《りょうて》を合《あ》わせてスリスリ。
それから、かた方《ほう》の手《て》のこうに、もうかた方《ほう》の手《て》をのっけてゴシゴシ。
指《ゆび》と指《ゆび》との、あいだやろ。つめの、内《うち》がわやろ。
いっしょうけんめい、あらってると、心《こころ》がウキウキしてくるわ。

「中田良平《なかたりょうへい》！」

急《きゅう》にうしろから、バーンと背中《せなか》をたたかれて、手《て》あらい場《ば》に顔《かお》をつっこみそうになった。

「え、え、なに？」

ふりかえったら、おなじクラスの北山拓斗《きたやまたくと》が立《た》っていた。

茶色《ちゃいろ》っぽい、カールしたかみの毛《け》。
ピンクの、チェックがらの、ハーフパンツをはいている。
いつもの、チャラチャラとしたふんいきや。

「マジメか！」

「へ？」

「どんだけ、マジメに手《て》ぇあらっててんねーん！」

拓斗《たくと》は手《て》のこうで、ぼくのむねを、バシッとたたくようにした。

「だ、だって、これから給食《きゅうしょく》食《た》べるんやで。ちゃんとあらわな。」

「けど、手《て》あらいソングに合《あ》わせて、ひじまであわだらけになってる、三年生男子《ねんせいだんし》はおまえだけやろ。」

「せやろか。」

「せやで。そのうえおまえが、このまえ遠足《えんそく》に持《も》ってきたおやつ。あれは、なんや。」
「あー、スルメ？」
「おっさんか！」
拓斗《たくと》はまた、ぼくのむねを、
バシッとたたいた。
「だって、フニャフニャしたもん
ばっかり食《た》べてたら、かむ力《ちから》も
フニャフニャになるって、お母《かあ》さんが……。」
「おもろい！　良平《りょうへい》のその、
アホかマジメかわからんところが、めっちゃおもろい。」
そういうと、いきなり拓斗《たくと》は、ガバッとぼくに頭《あたま》を下《さ》げた。

FUNKY

「たのむ。このとおりや。」

「ななな、なに?」

「オレとコンビを組《く》んでくれ。」

「コンビって、なんのコンビ?」

「お笑《わら》いコンビやんか。もう名前《なまえ》まで、決《き》めてんねん。

チャラいオレと、マジメな良平《りょうへい》。

ふたり合《あ》わせて、

『チャラマジ・ボンバーズ』や。」

「……なんでやねーん!」

ぼくは、あわがついたままの、
両手《りょうて》を開《ひら》いてのけぞった。

あれから拓斗《たくと》は、ぼくにしつこく、つきまとっている。

「なーなーなー、たのむわ、あいかた。」

「あいかたとちゃうし。」

「そんなつれないこといわんと、オレといっしょに、未来《みらい》のお笑《わら》い芸人《げいにん》めざそうや。こどもでも、受《う》けられるオーディション、あるんやで。」

「無理《むり》っ。そんなん、ぜったいに無理《むり》!」

必死《ひっし》に、顔《かお》の前《まえ》で手《て》をふる。

「拓斗《たくと》がいうように、ぼく、マジメやし。それに、おもしろいこととか、全然《ぜんぜん》いわれへんし。」

そうやで。芸人《げいにん》さんっていうのは、拓斗《たくと》みたいにぺらぺらっと口《くち》が回《まわ》って、いっつもふざけた感《かん》じで、軽《かる》ーいノリの人《ひと》がなるもんとちがう？

「良平《りょうへい》は、そのまんまで、おもろいねん。生《う》まれながらの、ボケのセンスがあるねん。そんなおまえに、ツッコミを入《い》れさせてくれ！」

「意味《いみ》、わからへーん。とにかく、無理《むり》。」

にげても、拓斗《たくと》はあきらめない。
通学路《つうがくろ》でも運動場《うんどうじょう》でも、トイレでも、
気《き》がついたら横《よこ》に立《た》ってる。
今日《きょう》なんか、そうじの時間《じかん》にほうきを
出《だ》そうとしたら、そうじ用具《ようぐ》入れに
拓斗《たくと》が入《はい》ってた。
「いよっ、あいかた。」

中《なか》から飛《と》びだしてきて、だきついてくる。

「こんなとこで会《あ》うなんて、ぐうぜんやな。やっぱりオレらは、結《むす》ばれる運命《うんめい》やねんな。」

「やめて。結《むす》ばれたくないし。」

「おしい！」

拓斗《たくと》が、さけんだ。

「ここはまず、『そうそう運命《うんめい》なんやな。』って、のってこい。そのあとで、『……って、なんでおまえと結《むす》ばれなあかんねーん。』と、つっこむんや。これ、お笑《わら》いのきほん。ノリツッコミって、いうんやで。さあ、もういっぺん、練習《れんしゅう》しよか！」

キャハハハ、なにやってんの、あのふたりー。女子《じょし》たちが、ぼくらを指《ゆび》さして笑《わら》ってる。中《なか》に、ぼくがちょっとあこがれてる、さくらちゃんもいる。

「ええかげんに、してや！」

はずかしくって、つい大《おお》きな声《こえ》が出《で》た。

「ぼく、芸人《げいにん》なんか、ならへん。なる気《き》ないねん。」

「なんでやねん。」

「なんでって……。」

きのう見《み》た、テレビ番組《ばんぐみ》を思《おも》いだした。

おじさんの芸人《げいにん》が、カニに耳《みみ》をはさまれていた。両方《りょうほう》の耳《みみ》たぶから、二ひきのカニがぶらさがって、まるでイヤリングみたいやった。

「イテテテテテテーッ。」

ゲストの人《ひと》たちが、大《おお》ウケしてゲラゲラ笑《わら》ってる。

ぼくもおもしろくて、大笑《おおわら》いしてしもたけど、ようあんなことするわと思《おも》った。

「カニに耳《みみ》をはさまれるなんて、かっこ悪《わる》いし、はずかしい。」

そういったら、拓斗《たくと》の顔色《かおいろ》が変《か》わった。

いつものヘラヘラ笑《わら》いが消《き》えて、つらそうにくちびるを、かみしめている。

うつむいて、両手《りょうて》をグーにしている。

「もう、ええわ！」

ダッと、教室《きょうしつ》から走《はし》って出《で》ていった。

「良平《りょうへい》くん、ひどい。」

さくらちゃんが、ぼくをにらんだ。

「え？　なにがひどいん？」

「そのカニ・イヤリングの芸人《げいにん》さん、拓斗《たくと》くんのお父《とう》さんやねんで！　あんなんいうたら、きずつくやんか。」

知《し》らんかった。

ぼく、ほんまに、ひどいこというてしもたわ。

あれから、さくらちゃんが説明《せつめい》してくれた。

「拓斗《たくと》くんの、お父《とう》さんとお母《かあ》さん、昔《むかし》は大人気《だいにんき》のお笑《わら》いコンビやったんよ。良平《りょうへい》くん、知《し》らんの？　『ペンペンネネム』っていう、夫婦《ふうふ》のお笑《わら》いコンビのこと。」

「知《し》らん……。」

「なんでやねん！」

さくらちゃんに、つっこまれた。

「まあ、人気《にんき》があったん、うちらが幼稚園《ようちえん》に入《はい》るまえのことやもんね。あたしは拓斗《たくと》くんと、おさななじみやから知《し》ってるけど。ほんまにすごい売《う》れっ子《こ》の、芸人《げいにん》さんやったんよ。」
「へえ、どんな芸《げい》をしてたの？」
「学校《がっこう》のかいだん話《ばなし》をね、リズムにのせて、次々《つぎつぎ》に聞《き》かせてくれるねん。
ふりかえると、その女子《じょし》の口《くち》から、赤《あか》い血《ち》がツーッと。
ギャアアアアッ！　おまえ、どないしたんや！
……にゅう歯《し》、ぬけたわ。
パラッポラ　ポラッパラッパ　ピー
こんな、ネタ。」

「さ、さくらちゃん。めちゃくちゃ、うまいね。」

「だって、拓斗《たくと》くんの家《いえ》で、いっつも見《み》せてもらってたから。けど、『ペンペンネネム』は、だんだん人気《にんき》がなくなってね。もう、解散《かいさん》してしもたんよ。」

「解散《かいさん》……。」

「それで今《いま》は、コンビじゃなくて、ピンっていうの？　ひとりずつで芸《げい》をしてんの。お父《とう》さんはカニに耳《みみ》をはさまれてるし、お母《かあ》さんは宇宙人《うちゅうじん》のかっこうして、宇宙人《うちゅうじん》ネタをやってるんよ。」

「カニに、宇宙人《うちゅうじん》！」

「そう。けど拓斗《たくと》くん、ふたりに、もう一度《いちど》コンビで人気者《にんきもの》になってもらいたいんやて。オレが、こども芸人《げいにん》として人気《にんき》が出《で》たら、親《おや》も、注目《ちゅうもく》してもらえるやろ。もう一度《いちど》『ペンペンネネム』を復活《ふっかつ》できるかもって。それで、必死《ひっし》にあいかた、さがしてたのに……。」

落《お》ちこんで、家《いえ》に帰《かえ》った。

拓斗《たくと》にどうやって、あやまったらええんやろ。さくらちゃんにも、きらわれてしもたやろな。

なきそうな気持《きも》ちで、ドアをあけたら、アハハアハハと、楽《たの》しそうに笑《わら》う声《こえ》が聞《き》こえてきた。

リビングに入《はい》ると、おばあちゃんがテレビで、まんざいを見《み》て笑《わら》ってる。

ぼくのうちは、お父《とう》さんもお母《かあ》さんも区役所《くやくしょ》で働《はたら》いてるから、昼間《ひるま》はおばあちゃんひとりや。

「ただいま……。」

声《こえ》をかけたら、ふりかえって、

「おかえりー。
ん？　良平《りょうへい》、
えらい悲《かな》しそうな顔《かお》やなあ。」
心配《しんぱい》そうに、テレビを消《け》した。
「どないしたんや。
学校《がっこう》で、なにかあったんか。」
「あのな……、
ぼくな……、
ひどいこというてしもてん。」
ぼくは、おばあちゃんに、
今日《きょう》あったことを打《う》ちあけた。

「そうかいなー。けど、そうやって反省《はんせい》している良平《りょうへい》はえらいで。そや、今《いま》からその子《こ》に、気持《きも》ちを伝《つた》えにいったらどうやろか。」

「けど、ぼく、そんな勇気《ゆうき》が出《で》えへんわ……。」

「良平《りょうへい》、今落《いまお》ちこんでるから、心《こころ》のパワーも落《お》ちてるんやな。よっしゃ。ほんなら、さっきのまんざい、いっしょに見《み》よか。」

「へ？」

「おもしろいんやで。近所《きんじょ》のお友《とも》だちが、かしてくれたDV《ディーブイ》D《ディー》やねん。今《いま》、注目《ちゅうもく》のお笑《わら》いコンビ、『スライサーズ』や！」

テレビをつけて、DVD《ディーブイディー》を最初《さいしょ》にもどしたら、

「どーもー。」
「みなさん、こんにちはー。」

若《わか》いお兄《にい》さんがふたり、舞台《ぶたい》の上《うえ》に飛《と》びだしてきた。

ひとりは、チェックがらのハーフパンツをはいた、チャラい感《かん》じのお兄《にい》さん。

なんか、拓斗《たくと》とふんいきが、にてる。

ひとりは、太《ふと》いまゆげをして、めがねをかけたお兄《にい》さんや。

「小学生《しょうがくせい》シリーズ！　さー、これから給食《きゅうしょく》や。チャッチャと手《て》ぇあらって食《く》うぞー。」

「チャッチャとなんて、あかんあかん。どんなばいきんが、手《て》についてるか、わからへん。ていねー―に、あらわなな。」

「マジメか！」

チャラいお兄《にい》さんが、めがねのお兄《にい》さんのむねを、大《おお》げさにたたいた。

「おまえ、どんだけ長《なが》いこと、手《て》ぇあらってんねーん！」

「せやろか。」

「せやで。手《て》あらいソングに合《あ》わせて、ひじまであわだらけになってる、三年生男子《ねんせいだんし》はおまえだけやろ。外科医《げかい》か。」

「へ？」

「手術前《しゅじゅつまえ》の、外科医《げかい》なんか、おまえは。」

「手術《しゅじゅつ》しましょうー。」

めがねのお兄《にい》さんが、ゴム手《て》ぶくろをキューッと、はめるマネをすると、まゆげをキリキリッとさせた。

手《て》のこうをこっちに向《む》けて、かたのところまで上《あ》げる。

「オペを始《はじ》める。オス！」

「メスやろ！」

また、バシッとツッコミが入《はい》った。

ぼくは、あっけにとられた。この人《ひと》らのネタ、まえに拓斗《たくと》としゃべったことにそっくりやん。

なーんや、拓斗《たくと》、この人《ひと》らのマネをしてたんか。

『スライサーズ』のネタは、どんどん続《つづ》いていく。

ポンポンと、ボールみたいに言葉《ことば》がはずんでる。

くるくる変《か》わる、ふたりの表情《ひょうじょう》。

見《み》ているだけで、笑《わら》いがこみあげてきた。

ブブッとふきだしたら、もう止《と》まらない。おなかが痛《いた》くなるほど、ゲラゲラ笑《わら》った。

「ええやろ、この人《ひと》ら。」

おばあちゃんも、笑《わら》いすぎて、なみだをふいている。

「こうやって笑《わら》ってたらな、おばあちゃん、なんや元気《げんき》が出《で》てくるねん。こしも、ひざも痛《いた》くて、このごろ病院通《びょういんがよ》いばっかりやけど、痛《いた》いこともすっかりわすれてしまうねん。すごいなあ、お笑《わら》いって。」

「うん。ほんまやなあ。」

さっきまで、落《お》ちこんでたのに、心《こころ》が軽《かる》い。

おなかの底《そこ》に、パワーがチャージされたみたい。

どないしよ、どないしよと思《おも》ってたことが、なんとかなりそうな気《き》がしてきたわ。

「おばあちゃん、ぼく、拓斗《たくと》にあやまってくる。」

そういったら、「ええことや。」とおばあちゃんは、うなずいた。

ぼうしをかぶって、家《いえ》を出《で》た。
拓斗《たくと》の家《いえ》は、
ちっちゃな一戸建《いっこだ》てや。

「オレんとこの家《いえ》、川《かわ》ぞいにある美容院《びよういん》のとなりやねん。屋根《やね》がむらさき色《いろ》にぬってあんねんで。めっちゃ目《め》だつねんで。」

まえに、じまんしてたから、すぐにわかった。

家《いえ》に近《ちか》づくにつれて、心《しん》ぞうがドッキンドッキンして、耳《みみ》の中《なか》がかゆくなってきた。

ぼく、きんちょうすると、こうなるねん。

電柱《でんちゅう》のかげにかくれて、様子《ようす》をうかがってたら、

「アホアホアホ。おとんも、おかんもアホや！」

大《おお》きな声《こえ》が聞《き》こえて、家《いえ》から拓斗《たくと》が飛《と》びだしてきた。

おこったような、顔《かお》をしてる。

「待《ま》てぃ、拓斗《たくと》！」

ジャージ姿《すがた》の男《おとこ》の人《ひと》と、ドハデなお星《ほし》さまがらのＴ《ティー》シャツを着《き》た女《おんな》の人《ひと》が、追《お》いかけて出《で》てきた。

ぼくは、あっと思《おも》った。

男《おとこ》の人《ひと》のほうは、カニ・イヤリングの、あの芸人《げいにん》さんや。

女《おんな》の人《ひと》のほうは、きっとお母《かあ》さんにちがいない。

美容院
カット
パーマ
着付
パーマ
アキコ美容院

「ひさしぶりに、テレビに出《で》たと思《おも》ったら、あんな芸《げい》して。」

拓斗《たくと》が、なきそうな声《こえ》を出《だ》している。

「オレ、友《とも》だちにも、バカにされたわ。かっこ悪《わる》いって。」

「それはちがうで、拓斗《たくと》！」

お母《かあ》さんが、さけんだ。

「体《からだ》をはったお笑《わら》いも、りっぱな芸《げい》や。」

お父《とう》さんが、ぐっと拓斗《たくと》のうでをつかんだ。

「とにかくちゃんと、わしらの気持《きも》ちを説明《せつめい》するから、聞《き》いてくれ。」

「いらん。もう、ええわ。」

どないしよ。

ぼくのせいで、けんかみたいになってるやんか。
やばい。見《み》つからんうちに、やっぱり帰《かえ》ろ。
そのとき、ビューッと風《かぜ》がふいて、
ぼくがかぶってた野球《やきゅう》ぼうが飛《と》ばされて、
コロコロコロところがった。
「あっ。」
拾《ひろ》おうとして、
電柱《でんちゅう》のかげから飛《と》びだしたら、
拓斗《たくと》と目《め》が合《あ》ってしもた。

「良平《りょうへい》！」

おどろいて目《め》をむいている、拓斗《たくと》。そして、ぼくを指《ゆび》さすと、大《おお》きな声《こえ》でさけんだ。

「あいつや、あいつが、おとんのこと、かっこ悪《わる》いっていうたんや！」

「ほう――。」

動《うご》けなくなっているぼくのことを、お父《とう》さんとお母《かあ》さんが、ふたりでジロッと見《み》た。

「そうか、こいつなんか。よっしゃ。ちょっと、こらしめたろ。タラバガニのハサミで、鼻《はな》のあなをはさんだろか。」

お父《とう》さんが、両方《りょうほう》の手《て》を、チョキチョキと動《うご》かした。

「ウチュウニ　ツレテイッテ　ブラックホールニ　ステタロカ。キッキッキッキッキ。」

お母《かあ》さんが、宇宙人《うちゅうじん》の声《こえ》でいうと、ぶきみに笑《わら》った。

「ギャアアアアアア。どっちもいやー。ゆるしてぇぇぇぇ。」

にげようとして足《あし》がもつれて、地面《じめん》にドテッとしりもちをついた。

「ごめんごめん。
ギャグのつもりやったんよ。
びっくりさせてしもて、
ほんまにごめんね。」
拓斗《たくと》の家《いえ》の、ダイニングテーブル。
お母《かあ》さんがあやまりながら、
ジュースを入《い》れてくれている。
「すまんかったなー。ゆるしてな。
芸人《げいにん》のさがでな、ついウケをねらって、
しょうもないこと、いうてしまうねん。」
お父《とう》さんも、プリンを持《も》ってきてくれた。

あのあと、白目《しろめ》をむいて固《かた》まってしまったぼくに、ふたりはあやまりどおしや。

「ふたりとも、やりすぎやろ。」

おこった声《こえ》で、拓斗《たくと》がほっぺたを、ふくらませている。

「けど、良平《りょうへい》。おまえも、なにしにきてん。おとんのこと、バカにしたくせに。」

「……ほんまに、ごめん！」

ふかく頭《あたま》を下《さ》げた。

「まさか、あの芸人《げいにん》さんが、拓斗《たくと》のお父《とう》さんやなんて、知《し》らんかったから。」

「けど、かっこ悪《わる》いって思《おも》ったことは、ほんまやろ。」

「そそ、それは……。」
言葉《ことば》につまっていると、
「ハハハ。あれ見《み》て、かっこええと
思《おも》うやつが、どこにおんねん。」
お父《とう》さんが、ぼくのほうを見《み》て、
「なあ。」とニッコリした。
「だれかて、かっこ悪《わる》い、
はずかしいって思《おも》うわ。」
「ごご、ごめんなさい。
で、でも、おもしろかったです。
大笑《おおわら》いしました。」

「ほんま？」

お父《とう》さんが、ものすごく、うれしそうな顔《かお》をした。

「ほんまに、おもろかった？　笑《わら》ってくれた？」

「はい。ほんまです。」

「よっしゃー！」

お父《とう》さんは、ガッツポーズをした。

「うれしいわー。苦労《くろう》のかいがあるわ。芸人《げいにん》は、かっこええなんて、思《おも》われんでええねん。笑《わら》ってもらえたら、それでええねん。あの芸《げい》かって、これでもいろいろ工夫《くふう》してるんやで。」

「へー、工夫《くふう》？」

「そうや。カニにはさまれてるときの、顔《かお》の角度《かくど》とかな。どのくらい痛《いた》そうにしたら、いちばん笑《わら》いがとれるかとかな。使《つか》うカニの大《おお》きさかって、いろいろ試《ため》したでー。大《おお》きいほうがウケると思《おも》って、でっかい松葉《まつば》ガニで試《ため》したこともあったけどな。耳《みみ》がちぎれるーってお客《きゃく》さんをこわがらせてしもて、いまいち笑《わら》ってもらえなかったわ。」

「わたしかって、工夫《くふう》してるで。」
お母《かあ》さんも、ぐいと身《み》を乗《の》りだした。
「宇宙人《うちゅうじん》メークの方法《ほうほう》とか、
完成《かんせい》するまで一年《ねん》くらい
かかったもん。それに、
今《いま》やってるのは、『宇宙人《うちゅうじん》が、
おろかな地球人《ちきゅうじん》どもを、きる！』
っていうネタやろ？　せやから
毎朝《まいあさ》ニュースをチェックして、
ネタにできる事件《じけん》はないか、
さがしてるんやで。」

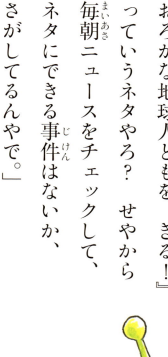

ぼくは、びっくりした。

お笑《わら》いの芸《げい》なんて、なんにも考《かん》えずに、ノリでやってるんやと思《おも》ってた。

「けど……。」

拓斗《たくと》が、口《くち》をとんがらせた。

「オレ、『ペンペンネネム』の芸《げい》が大好《だいす》きやったのに……。人気《にんき》なくなったからって、あきらめて解散《かいさん》してしもて。オレ、くやしいわ。」

「解散《かいさん》?」

お母《かあ》さんが、首《くび》をかしげた。

「拓斗《たくと》、あんた、やっぱりちょっと、かんちがいしてるで。あ、そうや。このさわぎでわすれてたけど、わたしらの気持《きも》ちを、拓斗《たくと》にちゃんと、いおうとしてたんやったな。」

「せやせや。わすれとったがな。おい、拓斗《たくと》。お父《とう》さんもお母《かあ》さんも、『ペンペンネネム』を解散《かいさん》したおぼえはないで。」

「え?」

拓斗《たくと》が、口《くち》をぽっかりとあけた。

「だって、ひとりずつの、芸《げい》ばっかりしてるやないか。」

「それにはな、わけがあんねん。拓斗《たくと》、それから良平《りょうへい》くんも、ちょっとこっちに来《き》てくれるか。」

立《た》ちあがって、手《て》まねきしながら、部屋《へや》を出《で》て二階《かい》に上《あ》がっていく。ぼくらと、お母《かあ》さんも、ついていった。

モワッとあつい空気《くうき》が立《た》ちこめた、たたみの部屋《へや》。古《ふる》びたタンスの、いちばん上《うえ》の引《ひ》き出《だ》しの奥《おく》のほうに、お父《とう》さんは手《て》を入《い》れて、小《ちい》さな木《き》の箱《はこ》をとりだした。

ふたをあけると、中《なか》には折《お》りたたんだ紙《かみ》が入《はい》っている。広《ひろ》げると筆《ふで》の字《じ》で、こんな言葉《ことば》が書《か》いてあった。

—とまるな—

ふるえる手で書《か》いたような、へたくそな字《じ》ぃや。一年生《ねんせい》が書《か》いた、習字《しゅうじ》みたいや。

「なんや、これ。はじめて見《み》た。」

拓斗《たくと》が、首《くび》をかしげている。

「わしらの大《だい》せんぱい。『とかげ&《アンド》やもり』の、やもり師匠《ししょう》が書《か》いてくれたもんや。いつかおまえにも見《み》せて、話《はな》して聞《き》かせよと思《おも》ってた。」

「そうや。病気《びょうき》でなくなるまえに、おみまいにいったときにな。病院《びょういん》のベッドの上《うえ》で、書《か》いてくれはったんや。」

お母《かあ》さんが、その字《じ》をなでるようにしながら、低《ひく》い声《こえ》でつぶやいた。

「『ペンペンネネム』が、バーッと人気《にんき》が出《で》て、わたしら、ええ気《き》になってたころやったわ。ある日《ひ》、やもり師匠《ししょう》が、わたしらのお笑《わら》いライブを見《み》にきてくれた。会場《かいじょう》はドッカンドッカン大《おお》ウケやのに、師匠《ししょう》はクスッとも笑《わら》わんかった。」

「おもしろなかったですかって、あとから聞《き》いたら、『ああ、おもろないな。人気《にんき》が出《で》たのはいいけどな。それに安心《あんしん》してしもて、おんなじような、ネタばっかりやってるやん。おんなじことのくりかえしやったら、オウムでも、サルでもできるがな。こんな人気《にんき》は、今《いま》だけや。』って。」

「はら立《た》ったなあ。」

「けんかになったなあ。」

「けど、師匠《ししょう》のいうたとおりやったなあ……。」

ふたりは、しょんぼりとして、顔《かお》を見《み》あわせている。

「『来年消《らいねんき》えそうな芸人《げいにん》ランキング』で、三位《い》に入《はい》ってたことも知《し》らずに。」

「小学生《しょうがくせい》のファンに、『新《しん》ネタないんですか？』って聞《き》かれても、こどものくせになまいきやなって思《おも》って。」

「よっぱらったお客《きゃく》に、『もう、あきたわ！』ってくつを投《な》げつけられたときにも、『よっぱらいは、しゃあないなあ。』って。」

「アホやな。」

「アホも、ええとこや……。」

お父《とう》さんが、目《め》をしばたたいて、さっきの「とまるな」と書《か》かれた紙《かみ》を、見《み》つめている。

「だからな、やもり師匠《ししょう》が、最《さい》後《ご》に書《か》いてくれたこの言葉《ことば》を、わしらなりに、やってみようと思《おも》ったんや。止《と》まってないで、今《いま》までやったことのない芸《げい》にも、チャレンジしてみようと思《おも》ったんや。」

「そ、それで、カニや宇宙人《うちゅうじん》を？」

拓斗《たくと》が、うらがえったような声《こえ》で、聞《き》きかえしている。

「そのとおり。新《あたら》しいことをすんのは、不安《ふあん》やし、こわい。けど、できる芸《げい》がふえたんは、うれしかったで。」

「それに、コンビでずっとやっていると、おたがいにあまえてしまうやろ。さみしいけれど、ひとりひとりになったら、少《すこ》しは心《こころ》が強《つよ》くなった気《き》がするんよ。」

「ひとりですべって、シーンとなったときには、やっぱり、ないてまうけどな。」

「お父《とう》さん、なくのも勉強《べんきょう》のうちや。芸人《げいにん》は、一生努力《いっしょうどりょく》や。」

「せやな。毎日考《まいにちかんが》えて、毎日工夫《まいにちくふう》して、もっともっと成長《せいちょう》していこな！」

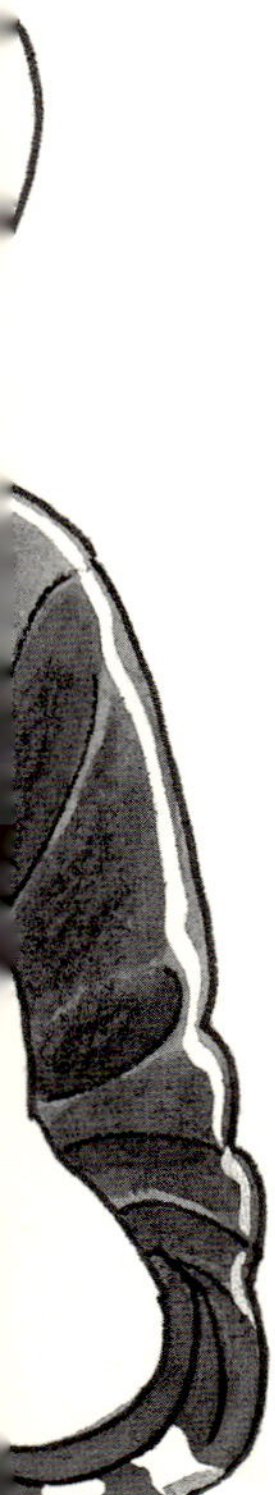

ぼくは、ふたりの、しんけんな顔《かお》におどろいた。

勉強《べんきょう》とか、努力《どりょく》とか、成長《せいちょう》とか。

お笑《わら》い芸人《げいにん》さんって、こんな言葉使《ことばつか》うん？　いっつも、ふざけているだけやと、思《おも》ってたのに。

「……マジメか。」

ぼそっと、拓斗《たくと》が、ツッコミを入《い》れた。

「マジメマジメ、大《おお》マジメ！」

お父《とう》さんが、さけんだ。

「マジメで、がまん強《づよ》くないと、この仕事《しごと》はできへんで。」

お母《かあ》さんも、うなずいている。

「ええときばっかりやない。みんなから、わすれられてしまうこともある。けどわたしら、いつもここに、キラッキラのお日《ひ》さま、持《も》ってるんよ。」

自分《じぶん》のむねを、ポンポンとたたいた。

「お日《ひ》さまって、なんですか？」

ぼくが聞《き》いたら、

「明《あか》るい心《こころ》。わたしらのお笑《わら》いで、みんなを元気《げんき》に、幸《しあわ》せにしたいっていう、ゆめ。」

そういって、ふふっと照《て》れくさそうに笑《わら》ってる。

「せやな。だから、がんばれる。拓斗《たくと》、もうちょっと待《ま》っててくれな。お父《とう》さんとお母《かあ》さん、ひとりずつでも、天国《てんごく》のやもり師匠《ししょう》に笑《わら》ってもらえる自信《じしん》がついたら、また『ペンペンネネム』を、復活《ふっかつ》させる気《き》でおんねん。」

「ほんま?」

拓斗《たくと》の目《め》が、こぼれおちそうに、大《おお》きく開《ひら》いた。

「おうっ。ほんまや。実《じつ》はな、もう一回《いっかい》コンビでネタやりませんかって、待《ま》ってくれてる人《ひと》もおるんや。ちょっと時間《じかん》はかかるかもしれんけど、またふたりで、日本中《にほんじゅう》を大爆笑《だいばくしょう》させたるぞー!」

それからぼくらは、ぬるくなってしまったプリンを食《た》べると、家《いえ》を出《で》た。みんなで、拓斗《たくと》のお母《かあ》さんを、駅《えき》までおくるんや。

お母《かあ》さんはこれから、ライブハウスの、お笑《わら》いライブに出《で》るんやって。

「ほな、がんばってや。」

お父《とう》さんと、拓斗《たくと》とぼくが、改札口《かいさつぐち》で手《て》をふると、

「チキュウジンドモ　セイゼイ　シュギョウヲ　ツムガヨイ。」

お母《かあ》さんは、もうすっかり、宇宙人《うちゅうじん》モードに入《はい》ってた。

「ワラエル　ネタヲ　カンガエロ。ソレカラ……。」

そこで、ふっとお母《かあ》さんの顔《かお》にもどると、

「落《お》としものには、気《き》ぃつけやー。」
いきなりそんなことをいって、駅《えき》の人《ひと》ごみの中《なか》に消《き》えて
いった。

「へ？　落《お》としものって、なんやねん。」

拓斗《たくと》が、首《くび》をかしげていると、

「わからんかー、拓斗《たくと》。お母《かあ》さんがいうてるんは、これのこと、ちゃうかな。」

お父《とう》さんが、ジャージのポケットから、メモ帳《ちょう》みたいなものをとりだした。

「あっ！」

拓斗《たくと》が、顔色《かおいろ》を変《か》えた。

「なくなってた、オレのネタ帳《ちょう》や。」

「ネタ帳《ちょう》ってなに？」

「おもろいことや、気《き》になったことを書《か》いておくノートや。

それをもとに、作《つく》ったネタも書《か》いてある。なんでおとんが、オレのネタ帳《ちょう》持《も》ってるねん。」
「なんでって、おまえ、車《くるま》のシートの下《した》に落《お》としてたんやないかい。芸人《げいにん》にとって、ネタ帳《ちょう》は命《いのち》やぞ。もっと、だいじにせな。」
お父《とう》さんはそれを、拓斗《たくと》に返《かえ》した。

「なにが、書《か》いてあんのん？　ぼく、見《み》たいわ。」

見《み》せてもらおうとしたけど、拓斗《たくと》はモジモジして、ネタ帳《ちょう》を持《も》った手《て》を、うしろにかくしてしもた。

「アッハッハ。はずかしいんか。なんやこれと思《おも》って、中《なか》を見《み》てしもたら、ほとんど『スライサーズ』のパクリやもんなあ。」

拓斗《たくと》の顔《かお》が、まっ赤《か》になった。

ひみつのネタ帳
たくし
1

「ええねん、ええねん。はずかしがらんでも、それでええねん。芸《げい》はうまい人《ひと》を、マネすることから始《はじ》まるんや。マネをすんのも、勉強《べんきょう》のうちや。けどな……。」

両手《りょうて》をのばして、ぼくらの頭《あたま》をクシャクシャとなでる。

「いつか、おまえらにしかできへんネタで、お客《きゃく》さんをあっといわせてやれ。『こんなん、見《み》たこともないわ。』ってネタ作《つく》って、ふたりで世界中《せかいじゅう》を大笑《おおわら》いさせたってくれ……。って、いうのはかんたん。やるのは、むずかしいけどな。おまえらふたりなら、きっと、できるわ。」

「あのー、ちょっと待《ま》って……。」

ぼくは、おずおずと聞《き》いた。

「おまえらとか、
ふたりでとか、なんですか？
ぼく、関係《かんけい》ないいんやけど。」
「うっそーん。」
お父《とう》さんが、かた足《あし》を
上《あ》げて、両手《りょうて》をパーにした。
「せやかて良平《りょうへい》くんは、
うちのむすこの、あいかたやん。」
「えっ？」
「そうそう、良平《りょうへい》は、
オレの運命《うんめい》のあいかたやねん。」

拓斗《たくと》もさけんで、がっしりと、かたを組《く》んできた。

「え？　え？　いつからそんなことに、なってんの？」

ぼくのさけびは、ふたりにきれいに、無視《むし》された。

「さすが、わしのむすこや。人《ひと》を見《み》る目《め》がある。ようこんな、ええあいかたを、見《み》つけてきたもんや。」

「せやろ！　オレ、春《はる》におんなじクラスになってすぐに、目《め》をつけてたんや。」

「だからー、無理《むり》やって。ぼく、マジメやし。」

「マジメ、ええやん。芸人《げいにん》はマジメでないとあかんって、さっきわかったやん。」

「けど、おもしろいことも、なんもよういわんし。」

「きみなー、自分《じぶん》では気《き》がついてないみたいやけど、お笑《わら》いの才能《さいのう》があるで。さっき、わしらがおどかしたとき、しりもちついて固《かた》まってたやろ。あのときの、白目《しろめ》になった顔《かお》とか、もう最高《さいこう》。プロのわしがいうんやから、まちがいない。」

「よっしゃー。良平《りょうへい》、これからも、よろしゅうたのむで。ふたりでオーディション受《う》けまくって、こども芸人《げいにん》デビューをめざそな！」

「……なんでやねーん。」

ぼくは、また地面《じめん》に、ドテッとこけそうになった。

けっきょく、ふたりにのせられて、ぼくはネタの練習《れんしゅう》をしている。

いきなり、オーディションはやっぱり無理《むり》やから、クラスのお楽《たの》しみ会《かい》からがんばるつもり。

拓斗《たくと》とふたりで、いっしょうけんめい、ネタも考《かんが》えてる。

公園《こうえん》のすみっこ、ふじだなの下《した》で、今日《きょう》も拓斗《たくと》とネタ合《あ》わせや。

「どーもー。」
「こんにちはー。」
「チャラい拓斗《たくと》と。」
「マジメな良平《りょうへい》。」

「ふたり合《あ》わせて、『チャラマジ・ボンバーズ』！　どうぞよろしくー。」

「しかしまあ、おなか、へってきたね。」

「学校終《がっこうお》わるころには、おなかへってくるよなあ。もうちょっとのがまんや。家《いえ》に帰《かえ》ったら、おやつ食《た》べよ。」

「けど、もうぼく、がまんできへんわー。」

「おまえ、なにをモグモグ食《く》ってるねん。」

「かぶってる、赤白《あかしろ》ぼうの、ゴム。」

「そんなもん、食《く》うなー！　あーあー、赤白《あかしろ》ぼうのゴムが、ビロンビロンにのびてしもてるやないか。」

「あっさり塩味《しおあじ》で、おいしいんよー。」

パチパチパチパチ。

いきなり拍手《はくしゅ》が聞《き》こえてきて、見《み》たら、さくらちゃんが立《た》っていた。

「ふたりとも、ほんまの芸人《げいにん》さんみたい。」

顔《かお》をくしゃくしゃにして、笑《わら》いころげている。

通《とお》りすがりの人《ひと》も、立《た》ちどまって手《て》をたたいてくれている。

さんぽ中《ちゅう》の、おじいさん。
学校帰《がっこうがえ》りの、高校生《こうこうせい》。
赤《あか》ちゃんをだいた、お母《かあ》さん。
笑《わら》っているその顔《かお》は、みんな、とっても幸《しあわ》せそう。
よーし、もっと笑《わら》わせたんねーん!
キラッキラのお日《ひ》さまが、ぼくのむねにも、かがやいた。

# お笑《わら》い芸人《げいにん》の
# まめちしき

お笑《わら》い芸人《げいにん》のお仕事《しごと》に
ちょっぴりくわしくなる
オマケのおはなし

おしごとのおはなし

## お笑《わら》い芸人《げいにん》って、どんなお仕事《しごと》？

えっ、そんなの、拓斗《たくと》のお父《とう》さん、お母《かあ》さんみたいに、テレビに出《で》て人《ひと》を笑《わら》わせるのが仕事《しごと》でしょ？　と思《おも》う人《ひと》は多《おお》いでしょう。たしかに、テレビに出演《しゅつえん》するのも仕事《しごと》のひとつですが、お客《きゃく》さんの前《まえ》で落語《らくご》や曲芸《きょくげい》を行《おこな》う「寄席《よせ》」という舞台《ぶたい》もありますし、デパートの屋上《おくじょう》や遊園地《ゆうえんち》につくられた会場《かいじょう》でお笑《わら》いライブが行《おこな》われることもあります。

人《ひと》を笑《わら》わせる方法《ほうほう》もさまざまです。「漫才《まんざい》」のように二人《ふたり》がマイクをはさんで立《た》って、おもしろおかしい話《はなし》をする形式《けいしき》もありますし、「コント」といってギャグを盛《も》りこんだ短《みじか》い劇《げき》を演《えん》じることもあります。拓斗《たくと》のお父《とう》さんは耳《みみ》をカニにはさませていましたが、ぷっ

とふきだしてしまうおかしなかっこうをするのも、人《ひと》を笑《わら》わせる計算《けいさん》が働《はたら》いています。
ある有名《ゆうめい》な芸人《げいにん》さんが、「人《ひと》を泣《な》かせる、怒《おこ》らせるより、笑《わら》わせるのがいちばんむずかしい。」と言《い》っています。人《ひと》を笑《わら》わせて元気《げんき》にするために、漫才《まんざい》やコントの台本《だいほん》を書《か》いたり、本番《ほんばん》と同《おな》じようにしゃべる練習《れんしゅう》をしたりするのもお笑《わら》い芸人《げいにん》の仕事《しごと》です。

## どんな人《ひと》がお笑《わら》い芸人《げいにん》にむいている？

それはもちろん、拓斗《たくと》のようにおしゃべりで、チャラチャラした人気者《にんきもの》……かというと、たしかに人《ひと》の前《まえ》でしゃべれる度胸《どきょう》は必要《ひつよう》ですが、それだけでは足《た》りません。

芸人《げいにん》さんがコンビで漫才《まんざい》をする場合《ばあい》、とぼけたことを言《い》い出《だ》す「ボケ」と、その人《ひと》に対《たい》して「なんでやねーん！」と、ふつうの人《ひと》の目線《めせん》から注意《ちゅうい》をする「ツッコミ」という役割《やくわり》にわかれることが多《おお》いです。ですので、〝おもしろいことを言《い》えれば芸人《げいにん》さんむき〟と、かんたんに決《き》まるわけではありません。

教室《きょうしつ》でみんなが笑《わら》う出来事《できごと》が起《お》きたら、「みんな、どこにウケたんだろう。」と考《かんが》えてみたり、「なんで、このゲームが流行《はや》っているんだろう。」と研究《けんきゅう》してみたり、ふだんから物事《ものごと》をよく観察《かんさつ》する力《ちから》が求《もと》められます。そういった観察《かんさつ》が、「どうしたら人《ひと》

を笑《わら》わせられるのか。」ということを考《かんが》える訓練《くんれん》につながるからです。

## お笑《わら》い芸人《げいにん》になるには？

お笑《わら》い芸人《げいにん》を目《め》ざす人《ひと》がとおる代表的《だいひょうてき》なコースを三つ、紹介《しょうかい》します。ひとつ目《め》は、芸能事務所《げいのうじむしょ》が運営《うんえい》している「養成所《ようせいじょ》」に入《はい》ることです。ネタの作《つく》り方《かた》や人前《ひとまえ》で話《はなし》をすることのむずかしさを学《まな》ぶ〝専門学校《せんもんがっこう》〟みたいなものです。コンビを組《く》む相手《あいて》をそこで見《み》つけたという芸人《げいにん》さんも多《おお》いです。ふたつ目《め》は、芸能事務所《げいのうじむしょ》が行《おこな》っているオーディションに参加《さんか》する方法《ほうほう》です。よい成績《せいせき》をおさめれば、いきなり〝芸人《げいにん》の卵《たまご》〟として事務所《じむしょ》に所属《しょぞく》できるかもしれません。三つ目《め》は、有名《ゆうめい》な芸人《げいにん》さんの弟子《でし》になることです。ただし、弟子《でし》を取《と》るかどうか、芸人《げいにん》さんによって考《かんが》え方《かた》がちがうので、確実《かくじつ》に弟子入《でしい》りできるかどうかはわかりません。

どのコースを選《えら》んでも、最初《さいしょ》はきっつーい下積《したづ》み生活《せいかつ》が待《ま》っています。どんなに苦《くる》しくても、「芸《げい》を見《み》た人《ひと》に、笑《わら》ってもらってハッピーになってほしい。」という気持《きも》ちを持《も》ちつづけられるかどうか、それがためされます。

安田夏菜｜やすだかな

兵庫県西宮市生まれ。大阪教育大学卒業。「あしたも、さんかく」で第54回講談社児童文学新人賞に佳作入選。第５回上方落語台本募集で入賞した創作落語が、天満天神繁昌亭にて口演される。著書に『あしたも、さんかく　毎日が落語日和』『ケロニャンヌ』『レイさんといた夏』『くじらじゃくし』（以上、講談社）、『あの日とおなじ空』（文研出版）などがある。日本児童文学者協会会員。

魚戸おさむ｜うおとおさむ

マンガ家。北海道函館市生まれ。マンガ家の村上もとか氏、星野之宣氏に師事し、1985年、『忍者じゃじゃ丸くん』でデビュー。主な作品に、テレビドラマ化された『家栽の人』や、『玄米せんせいの弁当箱』『ひよっこ料理人』などがある。また、ベストセラー＆ロングセラーになった『絵本　いのちをいただく　みいちゃんがお肉になる日』の絵、また、『絵本　はなちゃんのみそ汁』（ともに講談社）の文と絵を担当した。



本文 DTP ／脇田明日香

コラム／編集部

おしごとのおはなし　お笑《わら》い芸人《げいにん》

**なんでやねーん！**

---

2017 年 12 月 20 日　第 1 刷発行
2020 年 3 月 2 日　第 2 刷発行

作　安田夏菜《やすだかな》
絵　魚戸《うおと》おさむ
発行者　渡瀬昌彦
発行所　株式会社講談社
〒 112-8001 東京都文京区音羽 2-12-21
電話　編集 03-5395-3535　販売 03-5395-3625　業務 03-5395-3615
印刷所　株式会社精興社
製本所　島田製本株式会社

---

N.D.C.913 79p 22cm ©Kana Yasuda / Osamu Uoto 2017 Printed in Japan ISBN978-4-06-220863-5